J 577.6816 KAL
Kalman, Bobbie.
Cadenas alimentarias de los
pantanos

DATE DUE

CADENAS ALIMENTARIAS DE LOS PANTANOS

Bobbie Kalman y Kylie Burns

Crabtree Publishing Company

www.crabtreebooks.com

Creado por Bobbie Kalman

Dedicado por Kylie Burns
Para Dave y nuestros tres pequeños renacuajos: Nicole, Emma y Alex, ¡que nos hacen saltar de gusto!

Editora en jefe
Bobbie Kalman

Equipo de redacción
Bobbie Kalman
Kylie Burns

Editora de contenido
Kathryn Smithyman

Editora de proyecto
Molly Aloian

Editores
Michael Hodge
Robin Johnson
Kelley MacAulay

Diseño
Katherine Kantor
Margaret Amy Salter (portada)

Coordinadora de producción
Heather Fitzpatrick

Investigación fotográfica
Crystal Foxton

Consultora
Patricia Loesche, Ph.D., Programa sobre el comportamiento de animales, Departamento de Psicología, University of Washington

Consultor lingüístico
Dr. Carlos García, M.D., Maestro bilingüe de Ciencias, Estudios Sociales y Matemáticas

Ilustraciones
Barbara Bedell: páginas 3 (visón y lombriz), 9 (visón), 11 (visón), 15, 25 (centro), 27 (mapache, cangrejo de río y saltamontes)
Katherine Kantor: páginas 3 (serpiente, mosquitos, espadañas y garza), 9 (pez), 11 (ciervo y espadañas), 25 (parte superior), 27 (serpiente), 29
Bonna Rouse: páginas 3 (castor, cisne, avoceta y hoja de nenúfar), 10, 11 (ganso y hoja de nenúfar), 13, 27 (rana)
Margaret Amy Salter: páginas 9 (planta), 11 (plantas), 25 (parte inferior), 27 (plantas)
Tiffany Wybouw: página 3 (rana)

Fotografías
© Jerry Segraves. Imagen de BigStockPhoto.com: página 21
Bruce Coleman Inc.: Jean-Claude Carton: página 20
© CDC: James Gathany: página 23
iStockphoto.com: páginas 4 (parte inferior), 6 (parte inferior), 8, 14
© Dwight Kuhn: página 24
Photo Researchers, Inc.: E. R. Degginger: página 15; Jerome Wexler: página 12
robertmccaw.com: páginas 5, 16, 17, 22 (parte inferior), 30
Visuals Unlimited: Steve Maslowski: página 26
Otras imágenes de Corel, Digital Stock y Digital Vision

Traducción
Servicios de traducción al español y de composición de textos suministrados por translations.com

Library and Archives Canada Cataloguing in Publication

Kalman, Bobbie, 1947-
    Cadenas alimentarias de los pantanos / Bobbie Kalman y Kylie Burns.

(Cadenas alimentarias)
Includes index.
Translation of: Wetland food chains.
ISBN 978-0-7787-8532-3 (bound).--ISBN 978-0-7787-8548-4 (pbk.)

    1. Wetlands--Food chains (Ecology)--Juvenile literature. 2. Wetland
ecology--Juvenile literature. I. Burns, Kylie II. Title. III. Series.

QH541.5.M3K3418 2007   j577.68'16   C2007-904738-6

Library of Congress Cataloging-in-Publication Data

Kalman, Bobbie.
  [Wetland food chains. Spanish]
  Cadenas alimentarias de los pantanos / Bobbie Kalman y Kylie Burns.
       p. cm. -- (Cadenas alimentarias)
  Includes index.
  ISBN-13: 978-0-7787-8532-3 (rlb)
  ISBN-10: 0-7787-8532-7 (rlb)
  ISBN-13: 978-0-7787-8548-4 (pb)
  ISBN-10: 0-7787-8548-3 (pb)
  1. Marsh ecology--Juvenile literature. 2. Food chains (Ecology)--Juvenile literature. I. Burns, Kylie. II. Title. III. Series.

QH541.5.M3K34818 2007
577.68'16--dc22
                                                2007030374

Crabtree Publishing Company

www.crabtreebooks.com   1-800-387-7650

Publicado en Canadá
Crabtree Publishing
616 Welland Ave.
St. Catharines, ON
L2M 5V6

Publicado en los Estados Unidos
Crabtree Publishing
PMB16A
350 Fifth Ave., Suite 3308
New York, NY 10118

Publicado en el Reino Unido
Crabtree Publishing
White Cross Mills
High Town, Lancaster
LA1 4XS

Publicado en Australia
Crabtree Publishing
386 Mt. Alexander Rd.
Ascot Vale (Melbourne)
VIC 3032

Contenido

¿Qué son los pantanos?

*Una **ciénaga** es un pantano donde crecen árboles y arbustos.*

*Un **marjal** es un pantano que no siempre está cubierto de agua.*

Los **pantanos** son zonas de tierra que están cubiertas de agua. Algunos pantanos están cubiertos de agua todo el año y otros sólo en ciertas épocas. El suelo de los pantanos está **anegado**. El suelo anegado está lleno de agua.

Salada o dulce

Hay pantanos en casi todos los lugares de la Tierra. Suelen formarse donde los lagos, ríos u océanos se encuentran con la tierra firme. Cerca de los lagos y ríos, los pantanos tienen **agua dulce**, la cual contiene tan sólo un poco de sal. Cerca de los océanos, los pantanos tienen **agua salada**, la cual contiene mucha sal.

Marismas de agua dulce

Una **marisma** es una clase de pantano. Las marismas están cubiertas de agua todo el año. Algunas tienen agua salada y otras agua dulce. Este libro habla de las marismas de agua dulce.

Plantas acuáticas

En las marismas crecen muchas **especies** o tipos de **plantas acuáticas**. Las plantas acuáticas crecen en el agua o cerca de ella. Los juncos de agua (*Cladium jamaicense*), las espadañas y los nenúfares son plantas acuáticas.

Los árboles no crecen en el interior de las marismas, pero sí en los bordes.

5

Los animales de las marismas

Las marismas son hábitats de anfibios como las ranas.

Las marismas son **hábitats** de muchas especies de animales. Un hábitat es un lugar natural en el que viven plantas y animales. En las marismas viven peces, aves, **reptiles** y **anfibios**. Los anfibios son animales que pasan una parte de su vida en el agua y otra en tierra. En las marismas también viven muchas clases de insectos.

Marisma, dulce hogar

Distintos animales viven en diferentes partes de una marisma. Unos, como los peces, viven en el agua. Otros animales, como muchas especies de aves, viven en la tierra pero comen las plantas y los animales que viven en el agua.

Esta libélula es un insecto de las marismas. Allí busca otros insectos para comer.

Residentes y visitantes

Algunos animales no pasan toda su vida en las marismas. Las visitan para buscar agua y alimento. Muchas especies de aves **migran**. Migrar es viajar largas distancias a nuevos hábitats cuando cambian las estaciones del año. Algunas aves, como los gansos canadienses que se ven a la derecha, visitan varias marismas mientras migran. Paran en las marismas para descansar, beber y comer cuando viajan entre sus hábitats de verano y de invierno.

Residentes temporales

En regiones del mundo donde los veranos son cálidos y los inviernos fríos, muchas especies de aves viven en las marismas sólo parte del año. Los tordos sargento son residentes temporales de las marismas. Viven allí en primavera y verano. Cuando llega el frío del otoño, esta ave migra a otro hábitat. Los tordos sargento luego regresan a la misma marisma en primavera.

¿Qué es una cadena alimentaria?

Las plantas y los animales son seres vivos que necesitan aire, luz solar, agua y alimento para sobrevivir. Los seres vivos obtienen **nutrientes** de los alimentos. Los nutrientes son sustancias que mantienen sanos a los seres vivos. Los seres vivos también obtienen **energía** de los alimentos. Las plantas necesitan energía para crecer. Los animales necesitan energía para moverse, respirar, crecer y encontrar alimento.

Producción de alimento

Las plantas verdes **producen** o hacen alimento a partir del aire, la luz del sol y el agua. Convierten la energía del sol en nutrientes. Las plantas usan parte de la energía y almacenan el resto.

Estas hierbas centella usan el aire, la luz solar y el agua para producir alimentos y crecer.

8

El alimento

Los animales no pueden producir alimento. Para obtener nutrientes y energía deben comer. Unos comen plantas. Estos animales se llaman **herbívoros**. Otros animales, llamados **carnívoros**, obtienen nutrientes y energía al comer animales.

Cadena de energía

La energía que las plantas verdes producen pasa a los herbívoros que las comen. Cuando un carnívoro come un herbívoro, parte de la energía pasa al carnívoro. Este modelo de comer y ser comido se llama cadena alimentaria. Todas las plantas y animales pertenecen, por lo menos, a una cadena alimentaria.

Todo comienza con el sol

Las plantas verdes usan la energía del sol para producir alimento. Usan parte de la energía y almacenan el resto.

sol

planta

Cuando un pez come una planta, obtiene parte de la energía que estaba almacenada en la planta.

pez

Cuando un visón come un pez, obtiene parte de la energía que estaba almacenada en el cuerpo del pez.

visón

9

Niveles de una cadena alimentaria

Una cadena alimentaria tiene tres niveles: plantas, herbívoros y carnívoros.

Primer nivel

El primer nivel está formado por las plantas. Las plantas son seres vivos que tienen tallos, raíces y hojas. Se llaman **productores primarios**. Las plantas son el primer nivel, o **nivel primario** de una cadena alimentaria porque producen su propio alimento. Los productores primarios llamados **algas** también son parte de las cadenas alimentarias de una marisma. Las algas viven en el agua. No son plantas porque no tienen tallos, raíces ni hojas. Sin embargo, a veces las llaman "plantas" porque también usan la energía del sol para producir alimento.

Segundo nivel

El segundo nivel de una cadena alimentaria está formado por los herbívoros. Los herbívoros son **consumidores primarios**, pues son los primeros seres vivos de una cadena alimentaria que **consumen** o comen alimentos en lugar de producirlos a partir del sol.

Tercer nivel

El tercer nivel de una cadena alimentaria está formado por los carnívoros. Los carnívoros son consumidores secundarios, ya que son el segundo grupo de animales que consumen alimento en una cadena alimentaria.

La pirámide energética

Esta **pirámide energética** muestra el movimiento de energía en una cadena alimentaria. La pirámide es ancha en la base y estrecha en la punta. El primer nivel de la pirámide es ancho para mostrar que hay muchas plantas. El segundo nivel es más estrecho porque hay menos herbívoros que plantas. Los herbívoros reciben sólo una parte de la energía del sol cuando comen plantas. El tercer nivel muestra que hay menos carnívoros que herbívoros. Los carnívoros obtienen menos energía del sol que los herbívoros.

Alimento de la luz solar

Las plantas y las algas pueden producir alimento porque tienen **clorofila**. La clorofila es un **pigmento** o color verde que absorbe la energía solar. En las plantas y las algas, la clorofila combina la energía del sol con agua y **dióxido de carbono** para producir alimento. El dióxido de carbono es un gas que está presente en el aire y el agua. El alimento que las plantas y las algas producen es una sustancia azucarada llamada **glucosa**. El proceso mediante el cual las plantas producen alimento a artir del aire, la luz solar y el agua se llama **fotosíntesis**.

En esta marisma crecen algas verdes en el agua. Las algas producen glucosa.

Agua iluminada

La luz solar puede viajar a través del agua de una marisma. El agua de las marismas es poco profunda, así que la luz solar llega a las plantas acuáticas que crecen en el fondo. Las algas y plantas acuáticas **absorben** o toman la luz del sol durante la fotosíntesis.

Producir oxígeno

Durante la fotosíntesis, las algas y plantas acuáticas también absorben dióxido de carbono del agua y del aire. Cuando las plantas y algas producen alimento, convierten el dióxido de carbono en **oxígeno**. El oxígeno es un gas que los animales necesitan para respirar. Las plantas y algas liberan el oxígeno al agua y al aire.

Las hojas de una planta absorben dióxido de carbono del agua y del aire.

La clorofila absorbe la energía del sol.

Cuando una planta produce alimento, libera oxígeno al agua y al aire.

13

Plantas y algas

En el suelo anegado sólo pueden crecer ciertas especies de plantas. El suelo seco tiene bolsas de aire que las plantas necesitan para sobrevivir. Las plantas que viven en suelo seco absorben aire por sus raíces. En las marismas, el suelo está tan lleno de agua que hay poco espacio para el aire. Las plantas acuáticas tienen partes que las ayudan a obtener suficiente aire. Por ejemplo, algunas como las espadañas, son **emergentes**. Las plantas emergentes tienen raíces que crecen en suelo anegado, pero también tienen partes que salen del agua. Los tallos de las emergentes son **huecos**. Estos tallos llevan aire a las partes de la planta que están bajo el agua.

Algunas plantas acuáticas tienen partes que flotan en la superficie del agua para absorber aire. Las hojas de los nenúfares flotan en el agua.

Plantas subacuáticas

Las plantas acuáticas llamadas **sumergidas** crecen debajo del agua y no necesitan aire. Tienen hojas delgadas como plumas que absorben dióxido de carbono del agua. La ceratófila que se ve a la derecha y el *Potamogeton*, son dos tipos de plantas sumergidas que crecen en las marismas.

Fitoplancton

El **fitoplancton** está formado por las algas más pequeñas. ¡Son tan pequeñas que sólo se pueden ver con un microscopio! Flotan cerca de la superficie del agua y en una marisma flotan miles de millones. Muchos animales de las marismas comen fitoplancton.

Los herbívoros de las marismas

En las marismas viven muchos herbívoros. El **zooplancton** está formado por los herbívoros más pequeños. Son animales diminutos que flotan en el agua. El zooplancton se alimenta del fitoplancton. Otros herbívoros de las marismas son los renacuajos, caracoles y ciertas especies de peces e insectos. Estos animales comen algas y plantas subacuáticas. Los alces, ciervos, gansos y castores también son herbívoros que viven en marismas. Como la mayoría de los herbívoros, comen muchos tipos de plantas. Los alces y ciervos comen plantas emergentes, como espadañas y pasto. Los gansos nadan bajo el agua para comer plantas sumergidas, como la **milhojas acuática**. Los castores se alimentan de la corteza y las raíces de árboles que crecen alrededor de las marismas.

*Los castores también comen **cámbium**. El cámbium es la parte blanda de los árboles que está bajo la corteza.*

Ayudantes hambrientos

Los herbívoros, como este alce, ayudan a proteger las marismas porque comen plantas. Las plantas de las marismas crecen y se extienden rápidamente. Sin los herbívoros, crecerían tan cerca unas de otras que ocuparían todo el espacio de las marismas. Además, absorberían toda el agua. Pronto, las marismas se secarían y muchas especies de animales morirían.

Dientes que muelen

La forma de los dientes de un animal indica qué come. Los herbívoros, como los ciervos y ratones, tienen principalmente dientes planos para moler plantas.

Muchos herbívoros muelen el alimento moviendo los dientes de lado a lado. Los castores tienen dientes traseros planos, pero también tienen dientes delanteros filosos para cortar la corteza.

17

Los carnívoros de las marismas

Los carnívoros ayudan a controlar las **poblaciones** de herbívoros en las marismas. Sin carnívoros, las poblaciones de muchas clases de herbívoros crecerían demasiado y se comerían todas las plantas de las marismas. Muchas aves de las marismas son carnívoras. La garceta, el martín pescador, los búhos y los halcones son carnívoros que cazan y comen peces, insectos, ranas y mamíferos pequeños. Otros carnívoros de las marismas son las ranas, las serpientes y los mapaches.

El martín pescador que se ve arriba es carnívoro. Ha atrapado un pececito para comer.

18

Los terceros consumidores

Los carnívoros que cazan y comen herbívoros son consumidores secundarios. Las aves, las tortugas y ciertas especies de peces son consumidores secundarios. Algunos animales de las marismas se llaman **consumidores terciarios**.

La palabra "terciario" significa "tercero". Los consumidores terciarios son carnívoros que comen otros carnívoros, de manera que son los terceros consumidores en una cadena alimentaria. Algunas aves, visones, peces grandes y tortugas mordedoras son consumidores terciarios.

Dos en uno

Ciertos carnívoros de las marismas pueden ser consumidores secundarios y terciarios a la vez. Una garza como la que se ve arriba es un consumidor secundario cuando come un ratón, que es un herbívoro de las marismas. La garza es consumidora terciaria cuando come un carnívoro como una serpiente o una rana, que comen herbívoros.

Cazadores y cazados

Una rana tiene una lengua pegajosa. La usa para atrapar insectos. La rana saca su lengua pegajosa muy rápidamente y atrapa los insectos que vuelan cerca. De ese modo, esta rana atrapó una gran libélula.

La mayoría de los carnívoros de las marismas son **depredadores**. Un depredador es un animal que caza y come otros animales. Los animales que los depredadores cazan son la **presa**.

Hechos para cazar

Muchos depredadores tienen cuerpos hechos para cazar. Por ejemplo, cuando las tortugas mordedoras cazan, esperan en el suelo barroso del fondo de las marismas hasta que la presa pasa nadando. Tienen ojos en la parte superior de la cabeza para ver cuando la presa nada encima de ellas. Cuando una presa pasa, la tortuga mordedora la **embosca**. Emboscar significa atacar por sorpresa.

Camuflaje

Algunos animales de las marismas tienen **camuflaje**. Los animales con camuflaje tienen colores, texturas o dibujos en el cuerpo que les sirven para mezclarse con el ambiente que los rodea. Los depredadores camuflados pueden acercarse a su presa sin ser vistos. Sin embargo, para un depredador también es difícil ver una presa camuflada. Los avetoros comunes tienen plumas con rayas y manchas que se mezclan con los juncos. Cuando sienten el peligro, estiran el cuello y se mueven ligeramente de un lado a otro. Con este movimiento es difícil verlos, porque se mezclan con los juncos que se balancean.

Los avetoros comunes se ocultan entre los juncos y esperan presas como insectos, aves pequeñas y ratones.

21

Los omnívoros de las marismas

Este zorrillo atrapó una serpiente para comer.

Algunos animales de las marismas son **omnívoros**. Los omnívoros comen tanto plantas como animales. Los cangrejos de río, los zorros, los zorrillos y algunos insectos son omnívoros de las marismas.

Rara vez con hambre

Los omnívoros suelen llamarse **oportunistas**. Los oportunistas son animales que comen cualquier alimento que encuentran. Los omnívoros cazan cuando hay una presa cerca, pero también comen semillas, frutos y hojas. En invierno, los animales de las marismas a veces tienen problemas para encontrar suficiente alimento. Los omnívoros, como la tortuga mordedora que se ve a la izquierda, probablemente encuentren más para comer que los carnívoros y herbívoros.

Alimento para mosquitos

Los mosquitos machos son herbívoros. Sólo beben jugos de frutas y néctar. Las hembras también beben néctar. Las hembras de algunas especies de mosquitos beben jugos de frutas, néctar y la sangre de otros animales. Estas hembras son omnívoras. La sangre de los animales contiene los nutrientes que las hembras necesitan para poner huevos.

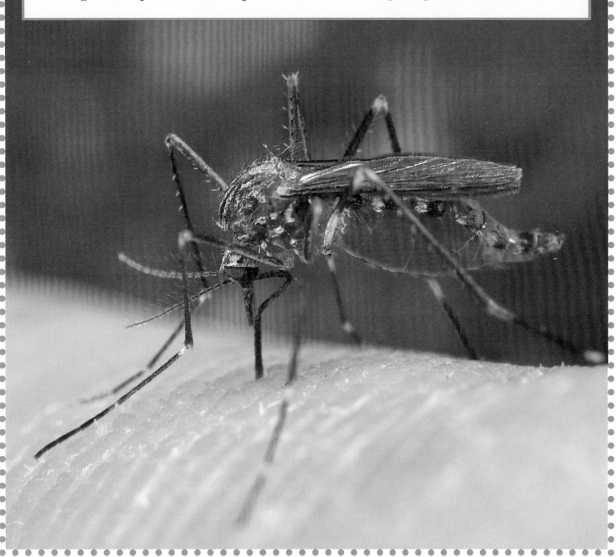

Comer las sobras de las marismas

Los cangrejos de río comen camarones, peces, gusanos, insectos, caracoles y plantas acuáticas. También comen animales muertos, ¡hasta otros cangrejos de río!

Algunos animales de las marismas son **carroñeros**. Comen **carroña** o animales muertos. Los buitres son carroñeros. Estas aves vuelan alto en el cielo buscando carroña. Cuando ven un depredador comiendo un animal, esperan hasta que el depredador termina de comer y luego descienden para comer la carne que quedó.

¡Comen cualquier cosa!

Los cangrejos de río son omnívoros. Algunos también son carroñeros. Comen plantas podridas y también restos de carne de animales muertos. Cuando comen plantas muertas y restos de carne, los carroñeros usan los nutrientes de las plantas y los animales que de otro modo se desperdiciarían. Al comer carroña, los carroñeros ayudan a limpiar las marismas.

Descomponedores

Los carroñeros no son los únicos animales que usan los nutrientes de las sobras. Los animales llamados **descomponedores** mantienen el suelo sano porque comen **detritos** o plantas y animales muertos. Cuando comen detritos, los descomponedores devuelven nutrientes al suelo a través de sus excrementos. Las plantas no pueden crecer si el suelo no tiene nutrientes. Sin plantas, no habría alimento para los herbívoros. Si no hubiera herbívoros, los carnívoros morirían de hambre.

Recicladores

Las **bacterias** son diminutos descomponedores que sólo pueden verse con un microscopio. Las lombrices y los caracoles son otros descomponedores de las marismas. Los descomponedores son parte de las **cadenas alimentarias de detritos**.

Una cadena alimentaria

Cuando muere una planta o un animal, como esta rata almizclera, se convierte en materia muerta en el suelo.

Los descomponedores del suelo, como esta lombriz, comen materia muerta. Usan parte de los nutrientes y desechan el resto a través del excremento.

Los nutrientes del suelo ayudan a las plantas a crecer.

Nota: Las flechas apuntan a los seres vivos que reciben nutrientes.

La mayoría de los animales de las marismas comen diversos alimentos. Como resultado, la mayoría de estos pertenece a más de una cadena alimentaria. Cuando un animal de una cadena alimentaria come una planta o un animal de otra, las dos cadenas se conectan. Las cadenas alimentarias conectadas forman una **red alimentaria**. Una red alimentaria muestra cómo los animales que viven en un hábitat se relacionan uno con otro. En una marisma hay muchas redes alimentarias.

Los peces pertenecen a muchas cadenas alimentarias. Comen algas, plantas, insectos y otros peces. Entre sus depredadores están las aves, tortugas, ranas y ratas almizcleras.

Energía en la red

Este diagrama muestra cómo los seres vivos forman una red alimentaria de las marismas. Las flechas apuntan a los seres vivos que reciben energía.

Los mapaches comen catibos de manglar, ranas y cangrejos de río.

Los catibos de manglar comen ranas y cangrejos de río.

Los cangrejos de río comen plantas y saltamontes.

Las ranas comen saltamontes y otros insectos.

Los saltamontes comen plantas.

plantas

Las marismas en problemas

Los fertilizantes y otras sustancias dañinas han contaminado el agua donde estos peces vivieron alguna vez.

¡Paren de crecer!

Los fertilizantes son sustancias químicas que ayudan a las plantas a crecer. Las personas los usan en los jardines, las huertas y las cosechas. Cuando llueve, los fertilizantes se mezclan con el agua y fluyen hacia las marismas. Cuando llegan a las marismas, los fertilizantes hacen que muchas plantas crezcan. De hecho, a menudo crecen tantas plantas que ocupan todo el espacio y absorben toda el agua. Pronto, las marismas se secan.

Las marismas del mundo se ven amenazadas por la acción de las personas. Las personas **drenan** el agua de las marismas para crear tierra seca. Usan la tierra para granjas, caminos y casas. Cuando las marismas son drenadas, algunos animales se van a otros hábitats. Sin embargo, la mayoría de las plantas y animales muere.

Contaminación

Cuando las personas **contaminan** las marismas con detergentes, petróleo y **fertilizantes**, envenenan las plantas y animales. Estas sustancias dañinas fluyen por el agua de las marismas hacia otras vías de agua y también envenenan otros hábitats.

Especies introducidas

Las personas a veces llevan plantas o animales de un hábitat a otro. Las plantas y los animales llevados a otros hábitats se llaman **especies introducidas**.

Desencadenados

Algunas especies introducidas no pertenecen a las cadenas alimentarias de una marisma. Por ejemplo, la salicaria que se ve a la derecha es una especie de planta introducida que se encuentra en las marismas de América del Norte. Los animales de las marismas norteamericanas no comen salicarias. Como resultado, las salicarias crecen rápidamente y superan en número a muchas plantas que los herbívoros de las marismas comen. Sin plantas que comer, estos herbívoros no pueden sobrevivir.

Carpas introducidas

Las carpas son peces que se introdujeron en marismas de América del Norte hace más de cien años. Pocos carnívoros de marismas comen carpas, por lo que su número creció rápidamente en las marismas. Las carpas se alimentan de plantas subacuáticas y han comido tantas plantas de las marismas que algunas especies ya no existen.

Proteger las marismas

Las marismas y otros pantanos son hábitats para muchas especies de plantas y animales. También son el lugar donde los animales migratorios descansan para encontrar alimento. Cada vez más personas trabajan para proteger las marismas. Algunas pertenecen a **grupos ecologistas** en los que aprenden información importante sobre las marismas y cómo protegerlas. Muchas marismas y otros pantanos son **tierras protegidas**. Las tierras protegidas son zonas que os gobiernos protegen del peligro. Las leyes protegen tanto las tierras como los animales y las plantas que viven allí. Drenar marismas y otros pantanos de zonas protegidas es **ilegal** o contra la ley.

Cómo ayudar

Hay sitios web, videos y libros con todo tipo de información sobre las marismas y otros pantanos. Usa estos recursos para averiguar qué pueden hacer tú y tu familia para reducir la contaminación del agua y mantener sanas las marismas y otros pantanos.

Alienta a tus padres y a otros adultos a que dejen de usar fertilizantes en jardines y huertas. Averigua qué programas locales ayudan a proteger los pantanos. Algunos grupos organizan proyectos para limpiar pantanos. Las personas de la foto de abajo están limpiando un pantano.

Glosario

Nota: Es posible que las palabras en negrita que están definidas en el texto no figuren en el glosario.

contaminar Ensuciar una zona con basura u otras sustancias que dañan o envenenan el medio ambiente

drenar Hacer que el agua salga de un lugar

emergente Planta acuática con hojas y flores que se asoman sobre el agua

energía (la) La fuerza que los seres vivos obtienen del alimento, que los ayuda a moverse, crecer y estar sanos

fertilizantes (los) Sustancias químicas que las personas agregan al suelo para ayudar a las plantas a crecer

grupos ecologistas (los) Grupos de personas que se unen para proteger los seres vivos contra el peligro

hueco (el) Palabra que describe algo que tiene un agujero o espacio vacío en su interior

milhojas acuática (la) Planta con hojas subacuáticas que parecen plumas

néctar (el) Líquido dulce que se encuentra en las flores

población (la) Número de plantas o animales de una misma especie que viven en una zona determinada

reptil (el) Animal de sangre fría que tiene una piel seca y con escamas (las serpientes, las tortugas y los lagartos son reptiles)

Índice

Impreso en Canadá